PASSELIVRE

uma seleção de contos
Luiz Vilela

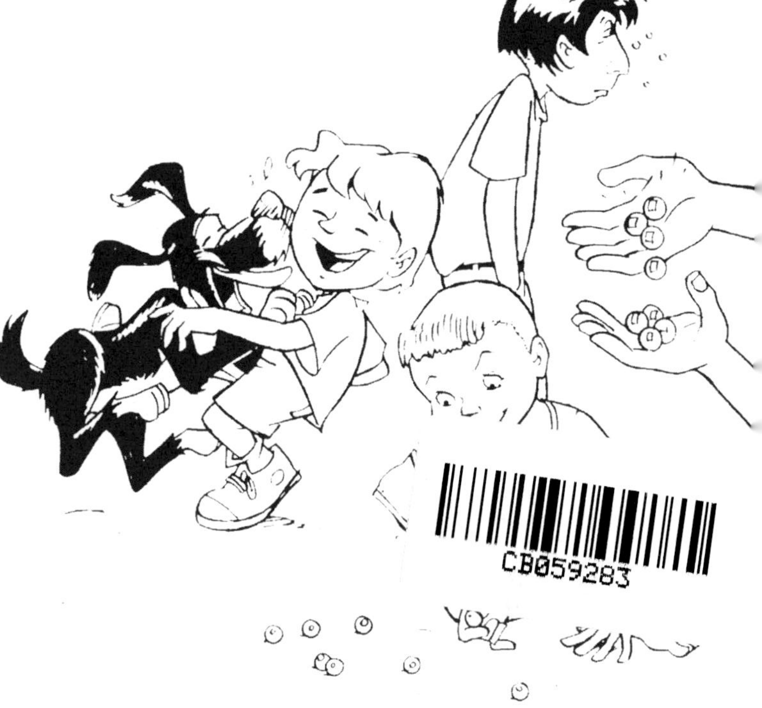

IBEP

© Companhia Editora Nacional, 2009
© IBEP, 2024

Diretor superintendente Jorge Yunes
Diretora editorial Célia de Assis
Editor de literatura Ricardo Prado
Editora assistente Priscila Daudt Marques
Revisão Dora Helena Feres
Ilustração Eduardo Carlos Pereira

CIP-BRASIL. CATALOGAÇÃO NA PUBLICAÇÃO
SINDICATO NACIONAL DOS EDITORES DE LIVROS, RJ

V755u

Vilela, Luiz, 1942-
  Uma seleção de contos / Luiz Vilela ; [ilustrações Eduardo Carlos Pereira]. - 1. ed. - São Paulo : IBEP Jovem, 2014.
  64 p. : il. ; 21 cm.   (Passe livre)

ISBN 9788534237956

1. Conto infantojuvenil brasileiro. I. Pereira, Eduardo Carlos, 1947-. II. Título. III. Série.

14-09731   CDD: 028.5
                                           CDU: 087.5

18/02/2014   21/02/2014

1ª edição – São Paulo – 2014
Todos os direitos reservados

R. Gomes de Carvalho, 1306 – 11º andar - Vila Olímpia
São Paulo – SP – 04547-005 – Brasil – Tel.:(11) 2799-7799
https://editoraibep.com.br/ – atendimento@grupoibep.com.br
Impresso na Leograf Gráfica e Editora - Junho/2024

Sumário

Menino — 4

A volta do campeão — 11

O fim de tudo — 33

Corisco — 41

O violino — 47

Sobre o autor — 63

Menino

— Striknik!
— Quê que é isso?
— É uma palavra, eu que inventei.
— Inventou pra quê?
— Pra ter uma palavra que só eu sei e os outros não.

"Márcio, você está demorando, menino; anda, vem almoçar."

— Você está com as mãos sujas, não te falei pra não comer assim? Levanta, vai lavar.
— Striknik!
— Quê que é isso? Pare de fazer esses barulhos bobos.

O menino viu o passarinho na árvore, assobiou, o passarinho respondeu; o menino chegou mais perto da janela.

"Olha as horas, quer perder a escola? Lava logo essas mãos."

Fez uma careta no espelho: sou feio, sou cabeludo, sou o lobisomem, vou comer todo mundo, inhaaau, sou o lobo mau, para que esses olhos tão grandes? para melhor te ver; para que esses braços tão compridos? para melhor te abraçar; e para que esses dentes tão agudos?

– Não quero mais não.

– Por quê?

– Tou sem fome.

– Come esse resto aí, você não comeu nada, vai ser assim agora todo dia? Quer virar um palito?

– Quero.

– Toma! Respondão! Domingo você não vai na matinê, viu? Aprender a não responder à sua mãe. Mal-educado.

Tom correndo atrás de Jerry e os dois lutando de espada na torre do castelo e o outro ratinho chegando por trás e socando a ponta de um alfinete em Tom e Tom dando um berro e a turma toda rindo e as balinhas passando de mão em mão e depois a volta pelo parque brincando de pegar correndo entre as árvores e gente e gritaria e os passarinhos no viveiro e os peixes no lago e sorvete e pipoca.

– Então não vou na escola também, pronto.

– Não? Sabidinho; quer levar umas palmadas? Você está ficando atrevido, hein?

Os ônibus iam com velocidade, voando, quase deitavam na hora de fazer a curva.

Tchum: pá! Pronto. Estraçalhado lá no chão, sangue e miolo pra todo lado, a cabeça esmagada. Coitado, ele era um menino tão bom. Iam ver.

– Quando se iniciou a guerra do Paraguai?
– Mil oitocentos e...
– E...
– Noventa.
– Noventa?
– Noventa e cinco.
– Não é não, Senhor Márcio.

Silêncio e medo na sala.

– Você sabia que eu marquei esse ponto para casa?
– Sabia.
– Sabia?...
– Sabia, sim senhor.
– Ah! sabia, sim senhor! agora melhorou. E por que você não estudou?
– Eu estudei.
– Já disse que não tolero alunos mentirosos.
– Eu não estou mentindo.
– Se você estudou, então por que você não soube nada até agora?
– Porque eu esqueci.

— Esqueceu?... Sabe quê que eu faço com os alunos que esquecem?...

— Não.

— Como é que é?...

— Não, senhor.

— Eu dou uma bolinha, uma daquelas bolinhas redondinhas na caderneta; sabe quê que é isso?

— Não.

— Responda com educação, seu malcriado! Sua mãe não te deu educação em casa não?

— Vá à merda.

— O quê?...

Não devo desrespeitar os meus mestres.

Não devo desrespeitar os meus mestres.

Não devo desrespeitar os meus mestres.

O pátio escuro e sem ninguém: sentou-se debaixo da mangueira, e seus olhos estufaram de choro.

Iam ver, ia ficar ali até de noitão, pensariam que um ônibus daqueles tinha pegado ele, procurariam na cidade, na casa dos outros, telefonariam, ficariam aflitos, chorariam, teriam saudades dele, iam ver. Sua mãe não te deu educação em casa não? Zero, no fim do ano bomba. A mão traçando calmamente na caderneta, os olhos rindo, a boca má. Se você estudou, então por que você não soube nada até agora? É porque tinha esquecido mesmo, não estava mentindo, tinha estudado sim, tinha estudado tudo, todos os pontos, sabia tudo, do primeiro ao último.

Sentou-se no meio-fio, desanimado de voltar para casa, as mãos segurando a cabeça, os livros largados no chão.

Zuuummmmmmm vup!

Zuuummmmmmm vup!

Os faróis saltavam na esquina, vinham doidos, cegando-o, os ônibus deitavam na curva, quase em cima dele.

Quê que você estava fazendo até essa hora na rua? Já não falei pra vir logo pra casa? Aonde que você foi? Aposto que estava andando com algum moleque por aí. Tenho de repetir quantas vezes? Não adianta te pôr de castigo? Você não aprende? Será que você não tem mesmo jeito?

— E aí?

— Ele me pôs de castigo, depois da aula, copiando linhas.

— Por causa do zero?

— Não.

— Por quê?

— Porque eu respondi a ele.

— Você respondeu a ele, meu filho? Por que você respondeu a ele?

— Ele falou que eu não tinha estudado. Eu tinha.

— E precisava responder a ele por causa disso?

— Ele falou que a senhora não me dá educação. Não gosto que os outros falem assim.

A mãe suspirou.

– Vai tomar o banho; eu vou esquentar sua comida.

– Mãe...

– O quê?

– Não vou voltar na escola mais não.

– Por quê?

– Não quero gastar à toa o dinheiro do Papai.

A mãe o olhou, compreensiva.

– Você tem é que estudar, bem...

– Eu estudei, a senhora não viu eu estudando?

– Então como que você ganhou zero?

– Porque eu respondi errado.

– Mas você não sabia?

– Sabia.

– Tudo o que ele perguntou lá você sabia?

– Sabia.

– E por que você não respondeu certo?

– Porque eu esqueci.

– Mas esqueceu por quê?

– Por quê? Porque eu não lembrei, uai.

A mãe suspirou.

– Vai; vai tomar o banho.

O menino foi andando devagarinho. Encostou o rosto na parede fria.

– Mãe?...

– O quê?

– Eu sou um mau filho?...

– Mau filho? Não, de jeito nenhum; você é um menino meio levado, mas não um mau filho, isso não; por quê?

– Porque eu acho que eu sou...

– Não é não – a mãe engoliu apertado. – Você sai com umas coisas...

O menino correu e saltou na quina da banheira.

– Striknik! Striknik!

A VOLTA DO CAMPEÃO

Naquelas tardes quentes, sem ter o que fazer e cansado de ficar em casa, ele ia para a praça e sentava-se num banco. Do fundo das rugas, contraídas pelo aborrecimento, os olhos acompanhavam sem interesse as pessoas e as coisas que passavam. Até que, cansado disso também, ele se levantava e ia andando a esmo pelos terrenos baldios, de onde voltava ao escurecer.

Foi numa dessas caminhadas que ele descobriu os meninos. Eles estavam num dos terrenos, reunidos em roda, e faziam algo que devia ser bem interessante, a julgar pela atenção em que se achavam. Ele foi chegando mais perto e viu o que era: eles estavam jogando tabela[1] – as bilocas

---

[1] Tabela: gude, jogo infantil no qual são utilizadas bolinhas de vidro, de muitas cores. Além do nome gude, o jogo recebeu as denominações de biloca, biroca, bolita, búlica e ximbra.

espalhadas numa grande extensão. E, ao vê-las assim, ele sentiu de repente aquela emoção que tantas vezes sentira quando criança.

Os meninos, presos na expectativa do jogo, mal ligaram para a sua chegada, outro tanto acontecendo com ele que, colocado de maneira imprevista na mesma situação deles, esperava também, com ansiedade, o próximo lance, que um dos adversários – gorducho e claro – caprichava, medindo a distância e calculando a força: bateu, enfim, no tronco da árvore, e os olhos de todos acompanharam a biloca, que atravessou várias, passando rente, e afinal não acertou em nenhuma.

– Nossa! – exclamou um dos que assistiam.

Agora o outro – miudinho, de cabelo caindo nos olhos –, aliviado e de novo com a chance, caprichava mais ainda, levando a mão várias vezes ao tronco e não batendo, como se estivesse certo de que aquela era a última chance, a última que, a cada vez, um dos dois achava que fosse e que incrivelmente ia se prolongando, com as bilocas espalhadas por todo lado, o terreno cheio delas; cuspiu, fez feitiço no tronco, e levou a mão devagar atrás para bater.

Ele mordia a unha – e quando viu a biloca correr de efeito e, sob novo espanto geral, parar a meio centímetro de outra, não pôde mais:

– Deixem-me jogar a próxima vez – pediu, e foi então que os meninos finalmente reconheceram sua presença.

Os dois do jogo, meio assustados com aquela inesperada intromissão, olhavam-no, examinando-o, antes de responderem qualquer coisa.

– Valendo? – o gorducho perguntou, afinal.

– É – disse ele, seco para jogar.

Os dois examinando-o: não sabiam o que responder. Os outros acompanhavam em silêncio.

– O senhor sabe jogar? – perguntou o gorducho, desconfiado.

– Fui o maior campeão do meu tempo, menino.

A resposta mais do que satisfez: os olhos do gorducho brilharam de surpresa e admiração.

O gorducho, então, fingindo indiferença, virou-se para o outro:

– Pode, Dudu?

Dudu, que já tirara as suas conclusões – que ele estava sacando, ou que, mesmo que aquilo fosse verdade, ele seria menos perigoso do que o adversário –, respondeu, no mesmo tom de calculada indiferença:

– Pode.

– Valendo, né?

– É.

– Todo mundo é testemunha – disse o gorducho, que, pelo jeito, ele notou, não tinha mais nenhuma dúvida de que ele acertaria.

Ciente de sua responsabilidade e perturbado por aquele inesperado ressurgir de uma emoção que há quase cinquenta anos não sentia, ele não se preocupou de enfeitar a jogada, o que justificaria o "maior campeão do seu tempo": fez apenas um cálculo rápido e bateu – e pá! a biloca acertou numa das primeiras.

O gorducho gritou, a meninada explodiu – e ele, ele foi tomado de um modo tão fulgurante por aquela antiga sensação de vitória, que por alguns segundos só teve olhos para si próprio, para o menino que outrora fora e, naquele instante, de novo era.

Só depois é que o adulto nele observou o outro, o que perdera, o que não estava participando da festa: quietinho, mudo, de mãos nos bolsos, Dudu olhava o gorducho catar as bilocas, ajudado pela turma. Sabia o que Dudu devia estar sentindo, sabia perfeitamente...

Ele não usara nenhuma tática especial, desconhecida dos meninos; apenas a sorte, que para eles não tinha aparecido, finalmente, e para ele aparecera. Mas a circunstância o transformara num ser especial para os dois: lia isso nos olhos deles, tanto do que ganhara quanto do que perdera, lia isso profundamente.

O gorducho, que tinha uma voz rouca, engraçada, quase não conseguia falar, de contentamento, os bolsos estufados com as bilocas. Ah! os bolsos estufados com as bilocas!... Como ele se revia, e como lembrava de cada coisa!...

E quando o outro enfiou a mão no bolso, procurando, e trouxe-a só com duas bilocas – o modo como olhou para as duas na mão –, ele não resistiu e teve um novo impulso:

– Vamos fazer o seguinte – parlamentou, usando de diplomacia: – eu joguei uma vez para você; não é justo que eu não jogue uma vez pra ele também, você não acha?

O gorducho não achou muito. No miúdo um começo de alegria apareceu.

– Só se ele não quiser que eu jogue – virou-se para o miúdo: – como é seu nome? Dudu, né? E o seu? – voltou-se para o gorducho: era preciso ser diplomata.

O gorducho era Renato.

– Você concorda, Renato? Você quer, Dudu?

Dudu queria. Renato concordou.

– Mas só uma, hein? – avisou Renato, com medo.

Dudu passou-lhe duas bilocas.

A meninada de novo na expectativa.

Renato bateu com força, a biloca espirrou para longe. Ele bateu, demonstrando uma certa displicência para tranquilizar Dudu, que o olhava com toda a confiança. Renato bateu. Ele. As bilocas iam se espalhando.

Pediu três, de empréstimo; Dudu olhou-o meio aflito, mas ele, sem os outros verem, deu-lhe uma piscada animadora.

Outro empréstimo: cinco bilocas já – a banca só crescendo. E se ele perdesse? Começou a se preocupar. Preocupava-se por causa dele próprio e por causa de Dudu: seu prestígio e a confiança do menino. Cada jogada sua recebia da plateia o dobro de atenção: seus mínimos gestos eram seguidos por aquela porção de olhos atentos. Mais preocupado com isso, e de certo modo aguçado em sua vaidade, cedeu, como nos velhos tempos, a um repentino capricho: levando a mão atrás, bateu por baixo da perna.

A sorte não o esquecera mesmo: acertou bem em cima de uma biloca, e a meninada veio abaixo. Mas dessa vez houve protestos, Renato não queria aceitar:

– Assim não vale!

– Não vale por quê? – gritou Dudu, indo pegar as bilocas.

Renato correu na frente, outros meninos entraram, empurrões, começo de briga, ele veio para apaziguar:

– É preciso brigar por causa disso? Ninguém precisa brigar: a gente resolve as coisas é conversando, e não dando tapas e empurrões. Ponham as bilocas aí no chão, vamos conversar.

Os dois puseram, resmungando. A turma os tinha cercado, e cada um falava uma coisa, briga querendo começar entre eles também.

– Vocês aí! – espalhou, e eles calaram-se.

Esperou que se fizesse silêncio completo.

– Por que você disse que não vale, Renato?

– O senhor jogou debaixo da perna.

– E isso não vale?

– Não.

– No meu tempo valia.

– Você já jogou assim também – acusou Dudu.

– Mas nós não combinamos hoje.

– Tem que combinar?

– Tem.

– Tem nada.

– Tem.

– Tem o quê, sô!

– Tem.

— Tem, moço?

Gostou de ser chamado de moço.

— No meu tempo não tinha, não. Combinar pra quê? É uma jogada muito mais difícil.

— Aí — disse Dudu.

— Mas não foi combinado — insistiu Renato.

Ele viu que não era possível um acordo.

— Vamos fazer o seguinte — resolveu, e olhou para a turminha ao redor: — vocês é que vão decidir.

— Claro que eles vão falar que não vale — disse Dudu.

Ele viu então o erro que cometera, prejudicando pela segunda vez o menino: a turma ali era quase toda de Renato.

Sem jeito para voltar atrás, tentou ainda:

— Mas vocês têm de ser honestos, falar a verdade; mentira não vale.

A advertência foi inútil: quase todos se mostraram escandalosamente a favor de Renato, e ele não teve outro jeito senão consolar Dudu, a quem a simpatia natural e o desenrolar das coisas o iam ligando mais.

— Deixa, que nós recuperamos...

O "nós", talvez um pouco inadvertido, teve a força de uma separação de águas: estavam agora bem definidos os adversários, fosse qual fosse o caminhar do jogo e o final.

Ficou decidido que recomeçariam do início. Ele pegou as duas bilocas de volta.

E então o jogo prosseguiu, agora de modo mais emocionante, com uma tensão de guerra.

Ao jogar a segunda, ele acertou, numa jogada bonita, o que serviu para levantar o moral do companheiro e pôs apreensivos os adversários.

Uma nova banca foi se formando, já devia haver umas dez bilocas; ele estava com três de empréstimo. Em nenhum momento, desde que ali chegara, sentiu tão aflitiva a necessidade de ganhar. E de tal modo estava, que numa jogada duvidosa de Renato – um dos meninos disse que a biloca havia relado –, se inflamou a ponto de surpreender a ele próprio:

– Relou nada, menino! – esbravejou, e o coitado ficou murcho de medo; ele depois percebeu e procurou abrandar:
– Relou?... – indagou aos outros.

Por incerteza mesmo, ou por medo, nenhum respondeu afirmativamente.

– Se relou, pode pegar – disse para Renato, magnânimo; – mas se não relou, é roubo.

Renato correspondeu:
– Relou não. Pode jogar.

Pediu mais três, de empréstimo. Na terceira, ele acertou, e teve tanta alegria, que gritou junto com o companheiro. Dudu foi logo recolher as bilocas. Ele devolveu as de empréstimo. Ainda ficaram seis.

– Agora eu vou embora – disse Renato.

– Está com medo? – Dudu provocou.

– Medo nada: é que está ficando escuro, e a Mamãe dana[2].

Estava mesmo ficando escuro.

– Quer continuar amanhã? – desafiou Dudu.

– Com ele? – Renato apontou, e todos olharam na sua direção, esperando que a resposta viesse dele próprio.

– Só vim ver vocês jogarem – ele respondeu; – não vou jogar mais.

– Por que o senhor não vem amanhã também? – pediu um da turma.

– Amanhã? É – disse –; quem sabe? Talvez eu venha...

Iria?... Fora ótimo. Descobrir que era um campeão ainda depois de quase cinquenta anos, descobrir que conservava a mesma classe, sentia as mesmas emoções daquele tempo... A banca cheia, aquele momento entre o cálculo e a batida, e depois a biloca passando entre as outras. E aquela jogada debaixo da perna? Fora sensacional, a meninada vibrara...

O que havia feito de suas bilocas? Ou o que haviam feito delas? Decerto tinham sido dadas a alguém. Ou simplesmente foram se perdendo, como tantas outras coisas de sua infância? Não conseguia lembrar. Era uma coleção bacana, conseguida em muitas disputas, disputas marcadas por várias

---

[2] Danar: ficar bravo.

brigas. Uma coleção realmente bacana, piocôs (lembrava-se principalmente daquele verdão, listrado), piubinhas (aquela "miolo de pão"), buscadeiras, solteiras, leiteiras[3] (e aquela que passara pela mão de todo mundo? era linda, com listas vermelhas, verdes, amarelas). Estranho que não lembrasse o que acontecera com as bilocas, pois tinha tanto amor a elas...

E seus companheiros? Pudim, Altamiro, Edson... Altamiro e Edson tinham sumido do mapa, nunca mais os vira. Pudim era fazendeiro, de vez em quando se encontravam, mas nenhum dos dois nunca mais falara nas bilocas. Que diria Pudim, se passasse por ali e o visse jogando e fazendo proezas como antigamente? E se ele chamasse Pudim para jogarem de novo? Não tinha cabimento. Talvez nada daquilo tivesse cabimento...

Preferiu não contar à mulher. Mas ela notou:

– Você está com uma cara diferente; quê que você andou fazendo? Chegou mais tarde...

Ele sorriu, sem dizer nada.

Na manhã do dia seguinte estava sentado no alpendre, quando viu aquele menino parado na calçada. Seu pensamento estava tão longe, que ele levou alguns segundos para reconhecer o menino. Bobagem: era o seu companheiro de véspera...

---

[3] Piocô, piubinha, buscadeira, solteira, leiteira: nomes de certos tipos de bolinhas usadas no jogo de gude.

– Vem cá, Dudu...

O menino deu mais uns passos – e não perdeu tempo:

– Quer ser meu sócio?

– Sócio? – ele sorriu, divertido e lisonjeado com a proposta. – Mas eu não tenho nenhuma biloca...

– Eu divido com você.

Ele escutou o barulho da mulher chegando na sala. Chamou o menino para irem para a praça. No caminho explicou que era a sua mulher e que ela era meio implicada com menino.

– Por quê? – o menino quis saber.

– Mania – ele ergueu os ombros.

O menino achou graça.

– Então, você fica?

– Fica?...

– Meu sócio.

– Não posso, Dudu. Vocês são meninos, eu já sou um homem velho: não dá certo.

– Quê que tem?

– Quê que tem?...

– Se é por causa das bilocas, eu divido com você.

– Não é por causa disso.

– Por quê que é então?

O menino o olhava atento.

– Foi tão bom ontem...

– Bom? Eu quase fiz você perder as bilocas todas!

– Mas depois você ganhou. Uma hora você me ensina daquele jeito?

– Daquele jeito?...

– Debaixo da perna.

Ele sorriu e passou a mão na cabeça do menino.

– Como você me encontrou? Você sabia onde eu morava?...

– Eu fui perguntando.

– É? – tornou a sorrir, admirado da persistência do menino. – Você é um garoto inteligente, Dudu.

Dudu baixou os olhos, para logo em seguida levantá-los, numa última carga:

– Você então fica?

– Sócio?

– É.

– Faz assim: eu vou lá hoje de novo, e lá nós resolvemos, tá?

– Tá – os olhos brilharam. – Eu posso passar na sua casa pra gente ir junto? Não tem perigo da mulher do senhor ver, eu dou um assobio; um assobio assim – levou dois dedos à boca, e um assobio agudo cortou a praça. – Aí você responde, e eu venho pra praça, e nós nos encontramos aqui. Você sabe assobiar?

– Claro – ele disse com displicência.

Será que ainda saberia mesmo? Ajeitou os dedos entre os lábios, puxou o ar e soprou – mas o assobio saiu chocho. O menino o olhou meio decepcionado.

– Dessa vez não saiu muito bom – se desculpou –; estou meio fora de forma. Mas eu vou melhorando, pode ficar tranquilo.

– Então até mais tarde – disse o menino, e foi caminhando de volta.

Lá pelo meio da praça o menino parou, voltou-se e deu um assobio: ele respondeu, e dessa vez saiu melhor.

De tarde, no quarto, ele treinava o assobio. A mulher veio e ficou parada à porta, olhando-o. O médico e a filha já a haviam prevenido para as possíveis esquisitices dele após o derrame. De forma que ela não comentou nada, simplesmente perguntou por que ele assobiava.

– Não tenho nada que fazer: não é melhor assobiar do que não fazer nada?

Ela deu meia-volta e retornou à cozinha. Mas, depois, na ausência dele, comentaria com a filha pelo telefone:

– Seu pai anda meio esquisito esses dias...

As horas passaram, e o fim do dia foi chegando, numa ansiedade que crescia.

E então ele escutou o assobio lá fora. Poderia ter esperado no alpendre, mas ficou no quarto só para ter a oportunidade de responder – e dessa vez seu assobio foi perfeito, o treino dera resultado.

Encontraram-se na praça:

– O assobio agora foi bacana, hein? – o menino comentou.

– Vamos pra lá?

– Vamos.

– E se eles acharem ruim eu ir?

– Acham não, já falei com o Renato. Sabe o quê que ele falou? Que você é fichinha.

– Fichinha, né? – e sentiu-se provocado: – Pois vou mostrar pra ele... Olha aqui...

Enfiou a mão no bolso e tirou um saquinho de pano. Abriu: os olhos do menino se maravilharam.

– O senhor comprou?...

– Olha essa buscadeira.

– Nossa!...

– E essa solteira aqui?

– Que bacana!...

O menino não podia de contentamento.

– Puxa, não vai ter nem graça... O senhor comprou foi hoje?...

– Vamos mostrar pra eles quê que nós somos.

A turma esperava-os, e parecia ter aumentado – ele era uma atração. Cumprimentou-os, eles responderam alegres.

Com medo de ser visto ali, perguntou se não havia um lugar mais escondido, inventou umas desculpas. Eles disseram que havia um mais para baixo, nos fundos de um barracão – e foram para lá.

Ali sim: ali podia mostrar com tranquilidade toda a sua categoria.

Mas não foi fácil. Aquele dia a sorte parecia estar do lado de Renato. Ele estava só perdendo.

Agora havia uma banca boa; ele tinha de ganhar aquela de qualquer jeito. "É a hora do piocô", pensou.

– Piocô vale? – perguntou.

– Como? – Renato e os outros fizeram cara de estranheza.

– Piocô. Bolococô.

Eles riram.

– Não sabem quê que é piocô?... – ele também estava achando graça.

Ninguém sabia. Ele tirou do bolso.

– Ah, locão... – disse Renato.

– Vocês falam é locão? No meu tempo era piocô; bolococô.

Riram de novo, estavam achando ótimo.

– Vale?

– Só se valer minha buscadeira de aço...

Renato tirou do bolsinho uma esfera de aço e jogou-a com classe para o ar.

Ele consultou Dudu: Dudu disse que podia.

Jogou e teve sorte: o piocô acertou. Dudu recolheu a banca.

Agora o jogo estava equilibrado – e assim continuou, até que, com o anoitecer, saíram. No dia seguinte, voltariam para continuar.

O assobio lá fora veio mais cedo: não eram nem quatro horas. Ele respondeu e foi se encontrar com Dudu na praça.

– Você veio muito cedo hoje, sócio.

– Quero te mostrar uma coisa.

– Mostrar uma coisa?

– Nosso esconderijo.

– Esconderijo? Onde que é?

– No fundo do quintal lá de casa.

– Não dá certo – ele disse –; eu não conheço os seus pais.

– É lá no fundo, ninguém vê a gente; a gente passa pela cerca.

– Cerca? Não é difícil passar?

Que misterioso impulso o levava a ir? Talvez aquela necessidade ainda de rever sua infância na infância de um outro menino. "Esconderijo"... A simples palavra evocava nele uma porção de lembranças. Como seria o daquele menino? Seria também uma lata com tampa, enterrada no chão, coberta de terra e camuflada com cisco?...

E quando o menino foi mostrar, e ele viu que era, sentiu-se comovido, seus olhos ficaram úmidos. O menino, observando-o, não podia compreender por que ele estava assim, mas sentiu-se tocado por sua emoção.

— Edmundo, você é meu melhor amigo — disse o menino.

— Não diga assim — e ele abraçou-o carinhosamente —; seu melhor amigo é seu pai.

— É nada; então por que ele não quis ser meu sócio?

— Decerto é porque ele é muito ocupado.

— Ocupado? Tem dia que ele fica dormindo até a hora do almoço!

Ele riu.

Os dois ficaram em silêncio, olhando para o chão, e naquele instante parecia não haver entre eles diferença de idade: era, nos olhos, a mesma expressão de pura alegria diante da latinha enterrada, cheia de bilocas coloridas — um pequeno tesouro.

Ele então olhou as horas:

— São quase cinco; vamos para o barracão?

— Vamos.

Pegaram as bilocas.

— Nós vamos acabar com eles hoje, hein? — o menino já ia se entusiasmando.

— Não vamos deixar eles com nenhuma.

— Nem uma só pra contar a história, né?

Já não era Renato, era "eles", a turma, que, por sinal, parecia ter aumentado mais ainda aquele dia: sua fama corria. Começava a distinguir alguns rostos entre eles, outros não sabia se eram daquele dia ou se já tinham aparecido antes.

Haviam limpado a área, tudo estava pronto para a batalha, que prometia ser sensacional.

Foi o seu dia de glória. Foi o ponto máximo da volta do campeão. Chegou mesmo a pensar que nem antigamente ele tivera tão brilhante atuação.

Não houve jogada que não fizesse (dessa vez haviam combinado, previamente, que valeria tudo): de efeito, debaixo da perna, com a esquerda, de olhos fechados, de costas, de longe. E tudo ajudado por uma sorte escandalosa.

A meninada delirava. Pelo final, metade havia passado para o seu lado: ele era um ídolo, um campeão como eles nunca tinham visto.

Estava endiabrado; aquela mesma antiga sensação de que em tais momentos ele não era mais ele, mas algum espírito que dele tomava conta – e então não havia adversário, não havia obstáculo, não havia nada que se pusesse em seu caminho.

Estava fora de si, por mais que as conveniências da idade o lembrassem que devia se controlar: gritava, ria, pulava, tudo numa festa só com a meninada. E naquele momento era impossível haver lugar para a compaixão, mesmo vendo que o adversário estava esmagado, quase chorando – guerra é guerra.

Mas, no fim, até ele próprio, o adversário, cedia ante o esplendor de sua classe:

– Você não erra mais nenhuma, assim não tem graça...

Dudu já tinha bilocas enfiadas em tudo quanto era bolso, e ainda recebia a ajuda dos novos companheiros.

Renato estava com três de resto e não quis continuar. Mas a luta não terminara:

– Quero ver amanhã, com o Dedinho – ameaçou.

Dedinho! O nome provocou um frêmito na turma.

Na volta para casa, ele quis saber quem que era Dedinho.

– É o sócio dele – contou Dudu, excitado com as emoções daquela tarde e temeroso do dia seguinte –; ninguém ganha dele.

– Ninguém?...

– Até hoje ninguém ganhou. Precisa ver ele jogar. Ele faz umas coisas esquisitas; ele tem um dedinho a mais, pendurado, acho que é por causa disso.

– Dedinho... – repetiu, percebendo a magia que cercava o nome. – Pois nós vamos ver...

Em casa encontrou a filha:

– Estava com os meninos? – ela perguntou.

– Que meninos? – ele respondeu com agressividade, sentindo-se descoberto, sentindo violado seu segredo.

— O senhor acha que todo mundo já não está sabendo, Papai?

— Bom — ele acabou de sentar-se: — e quê que tem isso?

A filha riu, carinhosa e repreensiva, um cigarro de filtro entre os dedos espichados.

— Tem cabimento uma coisa dessas, Papai?...

A mulher arrumava a janta em silêncio, escutando.

— Pensa, o senhor na sua idade, uma pessoa de quase sessenta anos, brincando com uma meninada de nove, dez anos. Não faz sentido.

— E depois, também, há os outros — entrou a mulher —; eles podem falar.

— Falar o quê? — ele perguntou.

— Falar — disse a mulher.

— Se o senhor ainda...

— Puxa — ele se levantou de repente: — tanta conversa por causa de uma coisa dessas? Eu não vou mais, pronto, está resolvido.

As duas se olharam em silêncio, enquanto ele ia até a porta da cozinha e voltava:

— Esse pessoal tem é titica na cabeça — disse, com a respiração alterada. — Falar: deixa eles falarem; quê que eles têm com a minha vida?

As duas tornaram a se olhar.

— Por que não cuidam da vida deles e deixam a minha em paz? Hein? Por que não cuidam da vida deles?

— A gente está zelando pelo senhor, Pai.

— Zelando; sou por acaso algum inválido? Sou? Fique sabendo, menina, fique sabendo que eu tenho muito mais saúde do que vocês todos, incluindo o bostinha desse médico que vem aqui.

— Edmundo... — a mulher pôs a mão na boca.

— Bostinha sim; e ainda vem aqui pegar meu dinheiro e dizer para vocês que eu não ando regulando bem; pensam que eu não escuto as conversas? Pois fique sabendo ele, e vocês também, que eu regulo muito mais do que vocês todos. Com a minha idade e tudo o que eu passei, eu estou muito mais vivo do que vocês!

Ele ficou ofegando.

— Zelando... — riu sarcástico; — vocês querem é que eu vá morrendo aos poucos. Morrendo cada dia um pouco mais; morrendo lentamente...

— O senhor acha que é isso o que a gente quer, Papai?

— É isso o que vocês estão fazendo comigo. Mas podem ficar tranquilas: eu não vou mais lá nos meninos. Não é isso o que vocês querem? Então podem ficar tranquilas, eu não vou mais. Vou ficar o dia inteiro aqui dentro dessa casa.

— Papai, escuta: vamos conversar direitinho.

— Não quero mais conversar — ele disse, e saiu da copa.

O FIM DE TUDO

Saíam de madrugada, a cidade ainda dormindo, e voltavam já de noitinha. Ele e mais dois companheiros. Vinham de bicicleta, às vezes até a pé; conversando e brincando, eles nem sentiam a distância. Nesse tempo a estrada ainda era de terra e tinha pouco movimento. Havia muitas matas por perto, e sempre apareciam coisas: veados, macacos, gatos-do-mato, cobras, coelhos, perdizes, codornas, tucanos. Era difícil a vez em que não viam alguma coisa. E tudo os divertia feito loucos.

O rio ficava logo atrás de uma grande mata de eucaliptos. Caminhando por entre os troncos, pisando o capim macio, sentiam o cheiro bom de eucalipto e escutavam os passarinhos cantando nas folhagens. Pouco antes da mata havia uma vendinha e duas casas de moradores. A vendinha continuava ali e parecia não ter sido retocada nem uma só vez naqueles dez anos: era a mesma daquele tempo, apenas mais velha e estragada. Mas as casas agora eram muitas, quase uma pequena vila. E da mata restavam somente umas poucas árvores.

A margem do rio era de uma areia branquinha. Sentavam-se nela para comer o lanche; se o sol estava muito quente, iam para a sombra fresca de um eucalipto. O engraçado é que na sua memória as águas do rio estavam sempre verdes e límpidas; mas não era assim: na época das chuvas, elas sujavam e ficavam quase vermelhas. De qualquer modo, nunca as tinha visto como agora, com aquela cor amarelada e fosca, uma cor pestilenta. Quando chegou e viu o rio assim, teve um sentimento de espanto e revolta: o que tinham feito dele! Mas não era só o rio: e a areia? e todos aqueles eucaliptos?

E os peixes? Onde estavam os peixes? Havia duas horas que se achava ali, ao sol, e só tinha pegado um pobre lambari, que certamente se extraviara. Naquele tempo enchiam os embornais[1]: eram piaus à vontade, bagres, mandis, às vezes tubaranas, e até mesmo dourados. Nos dias piores, o menos que pegavam eram dúzias de lambaris. Que havia sido feito de toda aquela riqueza?

Só lembrava de uma vez em que não tinham pe-

---

[1] Embornal: saco ou bolsa usada para transportar alimentos, ferramentas etc.

gado nada: é que havia chovido muito na véspera e o rio estava cheio. Mas nem por isso deixaram de se divertir: juntaram o dinheiro que tinham, foram à vendinha e gastaram tudo em cervejas, que levaram para a beira do rio. Sentados na areia – era um dia de sol encoberto –, ficaram bebendo e contando piadas. Depois rancaram as hastes de uma touceira de capim e brincaram de jogar flechas, gritando feito índios; já estavam meio bêbados e, ao correrem, acabavam caindo e rolando na areia – naquele mesmo lugar onde havia agora aquela areia rala e suja, com cacos de vidro, latas, papel, tocos de cigarro, camisinhas de vênus.

Nada mais restava do que era bom naquele tempo. Nem mesmo o barulho das águas do rio; este parecia ter se silenciado diante do som rouco e resfolegante da fábrica, cujas chaminés apareciam no horizonte, como canhões apontados para o céu. Sentia revolta e pena – pena da natureza, pena do rio e das árvores, dos peixes e dos pássaros. De uma próxima vez que voltasse ali, certamente não encontraria mais nenhuma árvore, nenhum peixe, nenhum pássaro, nenhuma areia, e aquele rio teria se transformado talvez em simples condutor de detritos.

Tirou o anzol da água. Nem uma puxada. Não havia peixe ali, era inútil insistir. Poria uma nova isca e tentaria pela última vez; se dentro de quinze minutos não aparecesse nada, ele pegaria suas coisas e iria embora. E nunca mais voltaria.

Ao virar-se para colocar a isca, viu um homem que chegava. Era um velho, de chapéu e de roupas simples.

– Pegou muita coisa? – perguntou o velho.

– Nada.

– Nada?

– Só um lambari.

– Essa época não é boa.

– É a melhor época do ano.

– É? – disse o velho. – Eu não entendo muito de pesca.

Ele acabou de colocar a isca e voltou para a margem.

O velho foi também; ficou em silêncio, olhando para onde a linha desaparecia, esperando que de repente ela fosse puxada e corresse e a vara envergasse – mas isso não aconteceu.

Ele tirou de novo o anzol e olhou a isca: a minhoca mexia, viva ainda, sem ter sido tocada.

– Nada? – perguntou o velho.

Ele abanou a cabeça:

– Nada. Não existe mais peixe aqui.

– Talvez se o senhor tentasse mais pra baixo...

– Já tentei; está tudo a mesma coisa.

O velho se agachara e fumava, olhando para o rio.

– De vez em quando aparece um pescador aqui – contou.

– Eles pegam alguma coisa?

– Pouca. Acho que aqui não é muito bom pra pescar.

– Já foi. Já peguei muito peixe aqui.

– É? – o velho olhava admirado para ele.

– Muito peixe.

– Eu não sou daqui – explicou o velho –; estou aqui há pouco tempo.

– O senhor trabalha na fábrica?

– Não. Meu filho é dono de um mercadinho na cidade. Eu faço umas coisinhas. Na minha idade a gente já não pode fazer muita coisa.

– O senhor não gosta de pescar?

– Eu pescava, quando era menino. Parece que naquele tempo tinha mais lugar pra pescar.

– Eles estão acabando com tudo.

– O senhor acha que aqui é por causa da fábrica?

Ele ergueu os ombros:

– Sabe? – o velho contou: – quando eles começaram a funcionar, a gente via muito peixe morto na margem do rio; alguns desse tamanho. A gente tinha até a tentação de comer, mas era perigoso, porque os peixes morriam envenenados. A fábrica despeja um óleo no rio que é igual a veneno, não sei se o senhor sabia. Quem me explicou foi um sujeito que esteve aqui. Sei que a gente via muito peixe morto. Mas isso foi no começo, agora a gente não vê mais.

– Porque não tem mais peixe.

– Será?

As chaminés da fábrica começaram a soltar rolos de fumaça.

– Os fornos estão funcionando – explicou o velho.

Rolos cada vez mais grossos e negros subiam com força ao céu e iam se espalhando de forma lenta e sombria, como nuvens de morte. Um apito agudo irrompeu, varando o ar como um punhal.

– Adeus, vida – ele disse.

Puxou o anzol da água, tirou a isca, e foi enrolando a linha na vara.

– O senhor já vai? – perguntou o velho, meio espantado –; talvez mais tarde melhore.

– Não vai melhorar: nem mais tarde nem nunca mais.

Foi até uma pedra que havia na margem e retirou o viveiro da água: dentro, sozinho, um pequeno lambari saltava. Enfiou a mão e pegou-o; sentiu o contato frio do peixe com sua mão, aquela sensação que conhecia desde a infância e de que talvez um dia se recordasse como de algo que não existia mais.

Levou a mão atrás e atirou com toda a força o peixe no meio do rio:

– Vai embora, vai para bem longe, para onde ainda não chegou a loucura do homem.

O velho já estava de pé e o observava com curiosidade.

Ele acabou de arranjar as coisas.

– Tenho um cafezinho lá em casa – disse o velho –; o senhor não quer ir lá tomar? É aqui perto.

– Não, obrigado; eu preciso ir.

– O senhor daria muito prazer a mim e à minha mulher.

– Fica para uma outra vez – ele disse.

Mas não haveria outra vez, pois ele nunca mais voltaria ali.

Pendurou o embornal no ombro, pegou a vara, o viveiro, e despediu-se do velho.

— Talvez nas chuvas os peixes apareçam — disse o velho.

— É — disse ele.

Corisco

Se não fosse Mamãe, eu nunca teria Corisco, pois Papai não gostava de cachorro de espécie alguma, porque, dizia ele, cachorro é bicho velhaco, só serve pra dar amolação e pra comer a comida da gente, e enquanto ele fosse o dono da fazenda, ali nunca haveria de entrar cachorro, e se entrasse um, ele pegava a espingarda e sapecava fogo sem um tiquinho de dó. Por isso, quando ele veio descendo o pasto, de tardinha, eu fiquei com medo, Mamãe escondeu Corisco, que era pequeno, no cesto de roupa suja, e disse pra mim você não fala nada, deixa que eu falo, e eu fui esconder detrás da porta da despensa.

Papai entrou batendo os pés, como sempre fazia, pra sacudir a poeira das botas, pendurou o chapéu na parede, depois deu um tapinha nas costas de Mamãe, falando com voz grossa ê filha, o serviço hoje esteve puxado, e batia a mão na barriga, espiando as panelas de comida enquanto contava casos de bois acontecidos lá no retiro, e então parece que ele reparou no silêncio de Mamãe e falou um pouco mais alto, mas daquele jeito que não era bravo, quê que houve, filha, você não fala nada, engoliu a língua? Aí Mamãe soprou o fogão, pingou caldinho de sopa na mão, provando o tempero, e, sem olhar pra trás, pra Papai, disse que meu aniversário estava perto e pensava em me dar um presente, quê que ele achava da ideia, e Papai, sacudindo a cabeça, disse que também pensara nisso, mas não tinha ideia do presente, era melhor ela escolher, mulher é que

entende dessas coisas. Então Mamãe disse que já tinha escolhido, era uma coisa que eu sempre desejara e ia ficar contentíssimo de ganhar, vamos ver se você adivinha quê que é, mas quando ela falou assim, Corisco deu uma choradinha no cesto, ela baixou a cabeça, Papai fechou a cara e, sem dizer nada, saiu pro terreiro. Eu saí detrás da porta, de onde vira tudo, e Mamãe, me passando a mão na cabeça, disse seu pai é duro, e engoliu fazendo barulho, e virou pra soprar o fogão outra vez.

No outro dia, ela me disse que tinha dado um jeito e que Corisco não ia embora, mas eu não falasse nada com Papai, e eu não falei, e três dias depois, no meu aniversário, ele me deu um abraço apertado e um canivete de cabo de osso, dizendo toma um presentinho de seu pai, e não falou nada sobre Corisco.

Corisco não foi mesmo embora, e com sete meses já estava grande e bonito, o pelo pretinho, de alumiar, e as patas brancas, e, era engraçado, parecia que ele tinha medo de sair pra longe, porque ficava o tempo todo em frente ao alpendre, espichado, com a cabeça entre as patas, e as orelhonas arrastando no chão, dormindo ou espiando com preguiça os currais, não levantando pra nada, nem mesmo quando Papai voltava, de tardinha, do serviço e, em vez de tocar ele dali, passava por cima, nem olhando, como se Corisco não existisse, pois era assim, parecia que Corisco não existia pra ele, nunca falava nele, nem mesmo quando Corisco pegou aquela mania de acompanhar ele ao retiro.

Toda tarde, quando os pássaros-pretos começavam a cantar no arrozal e ia escurecendo do lado da serra, eu trepava na porteira e, espichando a vista até onde podia, ficava esperando Corisco, com medo de Papai ter feito alguma coisa com ele, e quase pulava de alegria quando via ele aparecendo atrás da poeirinha que o cavalo de Papai fazia. Ele sempre vinha atrás, mas, na hora de abrir a porteira, passava na frente, passava por baixo e ia pro alpendre, ficando deitado na porta, resfolegando com a língua comprida e vermelha de fora, só depois é que ia pra varanda beber água.

Uma vez ele voltou mais cedo e sozinho, e, em vez de ir pro alpendre, foi descendo o terreiro, com a cabeça baixa e o rabo entre as pernas. Eu estranhei e falei com Mamãe, e nós fomos ver o que era e encontramos ele lá no paiol, enrolado num canto, o olhar triste. Passei a mão na cabeça dele, mas ele não abanou o rabo, nem ligou, e Mamãe falou é capaz de ser doença. No jantar, não falamos nada sobre o assunto, mas de noite fiquei com dó dele e chamei Mamãe pra ir lá de novo. Papai estava sentado no alpendre, fazendo um cigarro, e quando viu nós dois, não falou nada, mas ficou olhando pra Mamãe, depois continuou a picar o fumo. Corisco estava do mesmo jeitinho, enroscado feito cobra, sem ligar pra gente. Ele não está nada bom, Mamãe falou, e eu comecei a chorar, e ela falou não chora não, vou falar com seu pai pra comprar remédio.

Papai ainda estava no alpendre, fazendo o cigarro, e, ao ver Mamãe, embolou tudo e jogou fora e perguntou com voz seca o que era, e ela falou que era o Corisco, estava doente e precisava de remédio, então ele falou que não tinha nada a ver com isso, e eu corri pra ele, chorando e pedindo pra ele deixar de ser ruim e ter dó de Corisco, e ele falou era só o que faltava, chorar por causa de um bicho, e então eu fui chorar no quarto.

Na manhã do outro dia, Sô Tuti chegou do retiro com um embrulhinho, dizendo que Papai é que tinha mandado. Mamãe abriu, e era remédio pro Corisco. Nós demos, mas não adiantou nada, ele continuava triste e tinha começado a vomitar uma baba amarela, e de tarde ouvi Mamãe falando com Papai, que voltara do serviço mais cedo porque estava com dor de cabeça, que, pelo jeito, o cachorro não escapava.

Foi de tardezinha que Corisco morreu. Começou a torcer o pescoço e a gemer, depois quietou, e eu chamei baixinho Corisco, Corisco, mas os olhos dele só olhavam pra frente, e parecia que ele não estava mais escutando. E então esticou as pernas e abriu a boca, que foi fechando devagar e uma baba escorreu dela. Coitado, Mamãe falou, e eu não consegui segurar o choro.

No jantar, ela falou o Corisco morreu, e Papai, tomando uma colherada de sopa, falou sei, e limpou a boca e não falou mais uma palavra, e Mamãe, vendo que ele não queria comer mais, perguntou o que era, e ele falou que era aquela dorzinha de cabeça aborrecida.

Tudo voltou a ser como antes, eu brincando com os meninos da fazenda, Mamãe cozinhando, Papai trabalhando, e era como se Corisco nunca tivesse existido, pois ninguém falou mais nele, só uma vez, uma noite em que havia desaparecido mais uma galinha, e então Mamãe falou que, se Corisco ainda estivesse vivo, aquilo não teria acontecido, e então Papai, levantando de repente, falou que nada, que cachorro era um bicho velhaco que só servia pra dar amolação e pra comer a comida da gente, ela não falasse naquilo, não queria saber mais daquela praga na fazenda, e foi até a janela e ficou olhando o céu estrelado, e então Mamãe me cutucou a perna e eu olhei pra ele e vi ele enxugando uma lágrima.

O VIOLINO

Havia, no fundo do porão, um canto onde eu jamais tinha tocado, por motivo que eu ignorava. Medo? Mas medo de quê, se havia ali apenas coisas, apenas objetos antigos, estragados, fora de uso?

No entanto, o dia em que, sozinho, me encaminhei para lá decidido a mexer nos objetos, era como se eles, à medida que eu me aproximava, se encolhessem no escuro, querendo fugir de mim e gritando-me que eu fosse embora. "Não, não, deixe-nos", pareciam gemer – mas eu caminhava com os passos duros do vivo que vai ver na cova as deformações imprimidas pela morte num rosto belo em vida.

E quando – depois de hesitar um minuto, olhando para o amontoado de objetos – abri a tampa de um baú, algo repentinamente mudou: aquele gemido cessou, e uma sensação terrível caiu sobre mim, como se eu tivesse acabado de cometer sacrilégio; tão terrível, que eu gritei e saí correndo. Mas era tarde: o sacrilégio já fora cometido. Parei antes de chegar à porta; acusei-me de medroso, não havia nada, que medo bobo era aquele? Fora tudo impressão, não acontecera nada, o que uma coisa podia fazer?

Voltei e, sem medo, comecei a mexer nos objetos, procurando enxergá-los na pouca luz que até ali chegava. Uma caixa de papelão com retalhos de pano, meias, um par de luvas – quem as usara e em que tempo? Outra caixa: envelopes de cartas, recibos, caderninhos de capa preta. Uma lata: carretéis vazios – quem os guardara e para quê? Talvez algum menino, talvez até eu mesmo, quando menor, tivesse brincado com eles. Ou seriam de uma geração mais antiga? Um baú grande: esse devia ter muita coisa interessante. Abri: vazio. Detrás dele, encostada à parede, uma caixa de madeira em formato especial: um violino. Foi o mais interessante da aventura, até ali sem grandes surpresas para a minha curiosidade. Com o violino, senti-me recompensado.

Levei-o para a parte mais clara do porão e abri: a caixa era roxa por dentro, forrada de feltro – parecia um caixão. Ao abri-la, senti como se algo, que estivera morto e encerrado ali por muito tempo, de súbito, com a luz, ressuscitasse e pedisse agora para ser levado de volta à vida que existia fora do porão, cheia de ar, som e claridade. Num pequeno compartimento da caixa, um pedaço de breu e uma corda de violino enrolada: parecia nova; antes de ser usada, o violino viera para o porão – por quê? Quem o tocara e por que parara de tocar, tão subitamente que uma corda nova não chegara a ser usada? Alguém que já morrera? Mas quem? Eu nunca ouvira falar de alguém, na família, que tocasse ou tocara violino. Seria algum amigo ou conhecido que o ofertara de presente?

Todas as respostas eu saberia dentro de casa. Mas, antes disso, ainda havia muito o que fazer ali com o violino, a descoberta apenas começara. Tirei o arco, deslizei o polegar pela crina retesada. Como se segurava um violino? Ajeitei-o numa posição incômoda, não encontrava outra. Fiz uma pose imaginária de violinista e tirei o primeiro som: rouco, gemente, abafado – mugido de vaca. Experimentei outra corda: agudo e fino. Todas as cordas tinham aquele tom gemente. Passei rápido o arco, tentando tirar sons melódicos, mas era como se as cordas não quisessem me obedecer, ou estivessem me tapeando, ou se divertindo à minha custa, fazendo aquilo de propósito para me irritar. Mas eu cismara de tocar alguma coisa, pelo menos um pedaço de *Sobre as ondas*, que eu ouvira uma vez, no rádio, tocada em violino. E insisti, cada vez mais irritado, até que achei ter conseguido um som parecido com a música. E então veio outra insistência: a de repetir o som. Desisti e, aguçado de novo pelas indagações, saí do porão, levando sob o braço a caixa com o violino.

Dentro de casa, bastou um olhar para eu descobrir o dono do violino. Como Tia Lázara é que sabia mais os casos da família, fui procurá-la primeiro, no quarto, onde ela ficava o dia inteiro costurando. Olhou-me com displicência; depois, voltou-se repentinamente e encarou o violino; e, depois de alguns segundos, em que parecia paralisada pelo que via, olhou de novo para mim e perguntou: "Onde você pegou isso?" Sua voz, seu olhar, fizeram-me esfriar de medo. "No porão", balbuciei.

Houve um instante de silêncio, em que ela voltou a olhar para o violino. Parecia enfeitiçada por ele; parecia, ao mesmo tempo, querer e não querer olhar para ele. E eu, querendo desembaraçar-me dele, mas permanecendo imóvel – como alguém que, descobrindo uma bomba-relógio e sabendo que faltam só alguns segundos para ela explodir, ficasse tão aterrado que, em vez de atirar a bomba para longe, continuasse com ela na mão. Eu estava para dizer: "Já vou levar ele de volta", e então sairia dali. Mas nada dizia nem fazia.

Então ela disse: "No porão?" Mas dessa vez a voz foi inteiramente outra, não tinha mais a violência anterior: era a voz de alguém que está pensando e diz uma frase só por dizer e continuar pensando. Minha paralisia acabou e, animado pela mudança da voz, eu disse: "Estava dando uma olhada lá e achei ele num canto. É da senhora?" "É", ela disse, prolongando o "é" com a cabeça: "é meu..." E, como que atendendo a um gesto seu, embora ela não tivesse feito nenhum e continuasse somente olhando, aproximei-me dela e estendi-lhe o violino. Ela pegou-o.

Pôs a caixa no colo e abriu-a. Ficou olhando como se nunca tivesse visto um violino, ou não soubesse para que servia aquilo, e estivesse curiosa e maravilhada. Então pegou o violino, com a solenidade de um sacerdote pegando a hóstia consagrada, e tirou-o com cuidado e carinho da caixa, que ela deixou sobre a máquina de costura. Segurou-o no colo como se fosse uma criancinha e, como se fosse uma criancinha, deslizou a mão por ele suavemente, com uma expressão que eu jamais vira em seu rosto: uma expressão de felicidade. Essa expressão mudou-se para outra, divertida, de menino que achou o brinquedo perdido, e depois para outra, de nostalgia. Por fim, observando-a sempre, enquanto que ela parecia ter se esquecido de mim, eu não sabia se ela estava alegre ou triste por causa do violino; e esperava com ansiedade o momento em que ela pegaria o arco e começaria a tocar.

Não resisti à espera e perguntei: "A senhora sabe tocar?" Ela respondeu com a cabeça, sorrindo de novo com a expressão de felicidade. E então, colocando o violino em posição de tocar, muito séria e concentrada, feriu os primeiros sons, os olhos no ar, escutando. Parou. Apertou as cordas. "Tem uma corda nova ali dentro", eu falei. Ela sacudiu a cabeça. Continuou mexendo nas cordas. Sentei-me na cama dela, ao lado, e fiquei calado e atento esperando. Tornou a firmar o violino sob o queixo e recomeçou, para em seguida interromper de novo e mexer nas cordas. Mas, da terceira vez, saiu uma música – uma música triste, que eu não conhecia. Pela sua expressão, enquanto ela tocava, eu via que nada do que havia ali, ao redor, existia para ela naquele momento. Nem mesmo eu, que a escutava. Só existia aquela melodia triste. E quando ela parou e olhou para mim, ainda parecia que não estava me vendo, como se ela fosse cega.

"Bonito", eu falei. Ela sorriu, e dessa vez olhou mesmo para mim e pareceu contente por eu estar ali escutando-a e por ter falado que achara bonito.

"A senhora sabe tocar *Sobre as ondas?*" Sem dizer que sim, ela começou a tocar. Era maravilhoso. "Que mais que você quer que eu toque?" Eu pensei. "Tem jeito de tocar *Chiquita Bacana?*" Ela disse que *Chiquita Bacana* não era música própria para violino, eu falasse outra. Eu fiquei pensando, encrencado naquele "música própria para violino"; não tinha coragem de falar as que eu estava lembrando. "Toca *Sobre as ondas* outra vez..." Pensei que ela fosse negar, mas não: ela tocou, sempre com aquela expressão séria e ao mesmo tempo sonhadora. Eu era doido com *Sobre as ondas*; ela me dava vontade de chorar.

Depois Tia Lázara tocou outras músicas, que ela ia lembrando e me perguntando se eu conhecia. Eu não conhecia quase nenhuma; só conheci *Branca*. Algumas músicas eram de compositores famosos, os grandes mestres da música – ela me explicava, dizendo os seus nomes, nomes estrangeiros. O que era dos grandes mestres devia ser tudo bonito, mas houve umas músicas que eu não achei nada bonitas; mas eu não dizia. Não sabia o que mais me prendia ali: se a música ou se o fascínio que irradiava da violinista – aquela paixão com que ela tocava e que me fazia ficar imóvel, quase sem piscar.

De repente lembrei-me que eu tinha de ir para casa, que Mamãe estava me esperando. Fiquei indeciso sobre o que dizer. Por fim disse: "A senhora quer que eu leve ele agora para o porão? Ou..." "Pode deixar, depois eu levo", ela disse, sorrindo, sem largar o violino. Fui escutando-o até chegar à rua.

E no dia seguinte, ao voltar, logo que entrei na sala escutei de novo o violino. Fui direto ao quarto: Titia estava lá. Havia uma porção de músicas, de álbuns, espalhados em desordem na cama, velhos, amarelados, alguns rasgados. Onde teriam estado guardados? No porão? Em alguma caixa, escondida no fundo de um armário? Li alguns nomes em voz alta. Sem largar o violino, Titia me corrigia, ensinando-me a pronúncia correta de nomes estrangeiros. Isso estimulou a minha vaidade infantil, e, com pouco, eu já estava dizendo para os meninos de minha roda que eu sabia falar inglês, francês, italiano e alemão...

Quando eu encontrava alguma música que eu conhecia pelo título, procurava "vê-la" naquelas gradinhas com bolinhas dependuradas, perninhas e cobrinhas esquisitas. Mas não havia jeito, por mais que eu me esforçasse e que colaborasse com a imaginação: como que aquela música podia estar ali? Tomei raiva daquelas páginas, que eu não podia entender. Admitia que estivessem ali as músicas que eu não conhecia; as que eu conhecia, não: essas estavam é mesmo no ar, bastando a gente começar a cantar ou tocar – não tinham nada a ver com aqueles rabiscos antipáticos.

Tia Lázara tocava, parava, demorando-se sobre a página – encostada, em pé, na máquina de costura –, dava mais uma tocadinha, sempre olhando para a página. Deixou o violino – havia duas horas já que estava ali tocando – e olhou para mim. Sorriu, mas não por causa de alguma coisa: sorriu apenas porque se sentia feliz.

"Quer ser o meu secretário?", ela me perguntou, e eu imediatamente respondi que sim, sem saber o que implicava ser secretário dela; de qualquer modo, ser secretário de gente grande só podia ser coisa divertida. "Então você está contratado. A partir de hoje você é o meu secretário oficial." O "oficial" me deu mais importância ainda. Eu quis logo saber o que eu tinha de fazer, já entusiasmado para fazer fosse o que fosse e que eu imaginava estar relacionado ao violino. "Aos poucos eu vou te dizendo. Para começar: quero todas essas músicas empilhadas em ordem. Entendido?" "Entendido." "Então mãos à obra."

Pelo terceiro dia a notícia já havia corrido na família: "A Lázara voltou a tocar violino." Alguns já haviam se esquecido inteiramente de que ela, em tempos passados, tocara violino. Outros, os mais novos, nunca tinham sabido disso. E por que ela parara?, eu quis saber por Mamãe. Mamãe me contou que ninguém sabia. Lázara jamais dissera por quê.

Um dia parara repentinamente de tocar, e nunca mais recomeçara – mas jamais dissera a alguém por quê. Alguma contrariedade, alguma desilusão, mas ninguém sabia com o que ou por quê, e não adiantava perguntar a ela, que ela não dizia. Lázara fora uma aluna brilhante, tivera professores de fora, professores estrangeiros. O violino fora a grande paixão de sua juventude.

A transformação que nela se operou aqueles dias foi tão grande, que Tia Lázara parecia ter virado outra pessoa. Mas essa outra pessoa, eu percebia, é que era realmente ela, e não a que eu sempre conhecera – carrancuda, nervosa, calada, triste, pálida – e que era como que um túmulo de onde o violino havia ressuscitado a verdadeira. Muitos da família, ao verem-na assim, acharam que ela estivesse perturbada, ou então secretamente apaixonada por algum homem. Mas logo descobriram que o violino era a causa única daquela transformação. Alguns, então, estimularam-na a prosseguir, enquanto outros acharam cômico e fizeram comentários que circularam pela família. Diziam, com um risinho, que aquilo era "passagem de idade". Eu não sabia o que era "passagem de idade", mas detestava aquele risinho.

Eu gostava é dos que falavam: "Maravilhoso, Lázara; você toca divinamente, uma verdadeira artista!" Sentia-me então com direito a pelo menos um terço do elogio, porque fora eu quem desenterrara o violino do porão e que acompanhava as horas de estudo dela e que a auxiliava e que era o seu secretário oficial – e eu sorria, cheio de mim, enquanto que ela mesma pouco parecia se importar com o elogio, como não se importava também com os comentários irônicos. Era uma coisa que estava dentro dela e que era tão forte que não precisava de os outros ajudarem, nem os outros podiam destruir. Eu sabia: era a moça que ela fora que estava ali dentro, que ressuscitara. Era essa moça que a fazia ter aquela expressão de felicidade que eu nunca tinha visto antes em seu rosto.

E era essa moça também que a fez abandonar definitivamente a costura, sob discussões, protestos e profecias do resto da família. Nem os que achavam que ela tocava divinamente a apoiaram esse dia. "Você é o único que me entende nessa família de bugres", ela me disse, sentida com os outros, que diziam que ela havia perdido o bom senso – onde já se viu isso nessa idade? – e que ela ainda haveria de se arrepender seriamente.

Éramos os dois contra o resto da família, que eu também passei a chamar de bugres. Eu desprezava-os; não tinham "sensibilidade artística", como dizia Titia. Contou-me ela que a história dos grandes mestres era cheia dessas incompreensões e injustiças, mas que eles não se deixaram abater por elas, e um dia acabaram triunfando. Com ela também haveria de ser assim, ela disse. Eu sacudi a cabeça, concordando, e prometi segui-la até o fim, até o triunfo – triunfo que traria, entre outras coisas, o meu aprendizado de violino com os melhores professores do mundo e viagens nossas por uma dezena de países estrangeiros...

Aos domingos, Tia Lázara me levava com ela ao cinema. Começávamos a ficar famosos na cidade, e, ao entrarmos no cinema, eu percebia os olhares sobre nós. Eu correspondia, abanava a mão, ria à toa. Até que Titia me explicou que um artista não liga para essas coisas, para essas insignificâncias. E então passei a não ligar também – a fingir que não ligava, porque, dentro, estava doido para ver quem estava olhando para nós e o que conversavam atrás...

Começou a correr a notícia de um concerto que Tia Lázara ia dar na cidade. Era verdade: ela pretendia mesmo dar um concerto público de violino. Arranjou lugar, mandou fazer ingressos e convites, pôs aviso no jornal e no rádio. O concerto foi marcado para um sábado à noite, no salão de um dos clubes da cidade. Algumas pessoas tentaram dissuadi-la. Uma – por inveja, Titia me disse – falou que ela já estava de idade, que ninguém iria ao clube sábado à noite para ver uma senhora de certa idade tocar violino. Ela respondeu que a idade não importava, o que importava era a arte. Outra disse que ela não estava habituada, podia ficar muito emocionada na hora e sofrer alguma coisa. "Se eu morrer, que seja pela arte."

E, enquanto isso, ela continuava – ajudada pelo secretário – a se preparar para o concerto. Papai disse que, já que ela não desistia, pelo menos arranjasse uma outra pessoa, que tocava outro instrumento, para que as duas tocassem juntas. Titia não aceitou a sugestão, mas, talvez influenciada por ela, teve uma ideia: a de eu cantar as músicas – algumas em francês –, ideia que me fez vibrar de alegria. Mas o fracasso dos primeiros ensaios a pôs por terra: eu não cantava um minuto sem que, de repente, não sabia por quê, me desse uma vontade besta de rir, e eu disparava a rir. "Você é impossível", ela dizia. Mas não era por minha vontade, era uma coisa mais forte do que eu. Desistirmos, ela nunca proporia, para não me magoar; fui eu mesmo que, sem mágoa alguma e até com alívio, o propus. Ela disse que, de outra vez, tornaríamos a ensaiar. E continuamos os preparativos, até a noite do espetáculo.

Pus meu terno, e uma gravatinha borboleta que ela me havia dado de presente no meu aniversário. Papai me levou, fomos dos primeiros a chegar. Quando Titia surgiu no palco, ainda havia muitos lugares vazios; e num momento, depois de cumprimentar a plateia, em que ela ficou parada, olhando, percebi que era as cadeiras vazias o que ela estava olhando e fiquei preocupado, pensando se não havia um jeito para aquilo – mas já o concerto havia começado.

A primeira parte constava de três valsas brasileiras, e foi aplaudida, mas as pessoas eram poucas e as palmas soaram fracas, e eu até pensei se não teria sido melhor se não tivesse havido palma nenhuma do que haver aquelas palmas pingadas. Eu, eu bati com toda a força, para aumentar o barulho; mas, naquele sem-graça, parecia que eu estava fazendo aquilo de molecagem. E na terceira valsa, já não bati com tanta força, contaminado pela frieza da plateia e sentindo a inutilidade do meu esforço.

Mas Titia não parecia deixar-se afetar, e continuava tocando, sem alterar a expressão da fisionomia – uma expressão séria, um pouco demais, como se ela estivesse ocultando, segurando algo que não queria deixar transparecer. Ela não estava tocando com a paixão com que tocava no quarto. Por quê? Medo da plateia? Eu estava preocupado, o concerto não estava saindo como eu esperava, como eu imaginara – como nós dois havíamos esperado e imaginado.

Eu quis, no intervalo, ir detrás do palco, mas Papai disse que era melhor eu esperar ali, que no final iríamos lá. Vi algumas pessoas saindo do salão e pensei que elas voltariam logo, que tinham ido à toalete ou então comprar cigarros; mas quando começou a segunda parte, composta de música dos grandes mestres, elas ainda não tinham voltado, e então compreendi que tinham ido embora e senti ódio delas.

A plateia ficara em menos da metade, só dez pessoas, e eu percebi de novo aquele olhar de Titia – dessa vez nitidamente decepcionado – em direção às cadeiras vazias. Eu queria desesperadamente fazer alguma coisa por ela, mas sentia que não havia mais jeito, que tudo fora um terrível fracasso. E agora só desejava que o concerto acabasse o mais rápido possível e aquelas pessoas fossem embora, nos deixando a sós. Quando Titia terminava uma música, eu olhava para o chão – para não ver no seu rosto aquelas palmas mortas. Rezava mentalmente para o tempo passar depressa, fechava os olhos, procurava pensar em coisas fora dali, mas aquela agonia nunca que acabava. Até que houve um silêncio; escutei as palmas; abri os olhos: o concerto tinha acabado.

Em cinco minutos o salão estava vazio. Papai e eu fomos detrás do palco. Papai abriu os braços e encheu a boca com um "magnífico!" "Obrigada", Titia respondeu, sem olhar para ele. Arranjava o violino na caixa. Papai não achou mais o que dizer. Quanto a mim, não pude dizer uma palavra; pensei que, se eu fosse falar, irromperia num choro. "Vamos?", ela falou. Fomos descendo as escadarias do clube. Nem uma só vez ela olhou para nós.

Não sei se o violino voltou para o porão, porque nunca mais entrei lá. Pode ser que ele tenha voltado, mas pode ser também que ela o tenha simplesmente deixado numa gaveta ou em cima de algum armário. Não tornei a vê-lo.

Os parentes alegraram-se pela volta de Titia à costura, elogiaram o seu bom senso, a sua inteligência, a sua coragem de reconhecer o erro. "Erro? Vocês é que foram os culpados, seus bugres!", eu protestei, defendendo-a. "Não fale assim com eles, eles são seus parentes", ela disse. Olhei espantado: ela? Ela é que me dizia isso? Tia Lázara? Então aquilo acabara mesmo, acabara de tal modo que não ficara nada, absolutamente nada?

Acabara. Acabara tudo. A moça a deixara, a paixão a deixara, a felicidade a deixara, o sonho a deixara. Ela estava morta de novo. Minha tia estava morta.

Luiz Vilela

Luiz Vilela nasceu em Ituiutaba, Minas Gerais, em 31 de dezembro de 1942. Formou-se em Filosofia, em Belo Horizonte. Atuou como jornalista em São Paulo. Morou algum tempo nos Estados Unidos e outro na Espanha. Atualmente, vive em sua cidade natal.

Começou a escrever aos 13 anos. Aos 24, estreou na literatura com o livro de contos *Tremor de terra*, e com ele ganhou o Prêmio Nacional de Ficção. Luiz Vilela ganhou também o Prêmio Jabuti com a coletânea *O fim de tudo*. É autor de mais de vinte obras, todas de ficção, entre as quais os romances *Bóris e Dóris* (Record) e *O inferno é aqui mesmo* e a coletânea *A cabeça* (Cosac Naify). Já teve suas obras adaptadas para o teatro, o cinema e a televisão e traduzidas para várias línguas.